Der Fremde

Hermann Harry Schmitz

copyright © 2023 Culturea éditions
Herausgeber: Culturea (34, Hérault)
Druck: BOD - In de Tarpen 42, Norderstedt (Deutschland)
Website: http://culturea.fr
Kontakt: infos@culturea.fr
ISBN:9791041933242
Veröffentlichungsdatum: FEBRUAR 2023
Layout und Design: https://reedsy.com/
Dieses Buch wurde mit der Schriftart Bauer Bodoni gesetzt.

ER WIRT MIR GEBEN

Es war im vergangenen Herbst.

Wir saßen in der Dämmerung unter den mächtigen Kastanien vor dem Gasthause »Mohren« in Mittelzell auf der Insel Reichenau: der Münchener Student, der Privatdozent aus Basel und ich.

Ein seltsam warmer Oktobertag ging zur Neige.

Etwas Drückendes, Schweres lag in der Luft, etwas Lauerndes.

»Der Föhn kommt zur Nacht«, hatten die Fischer unten am See gesagt.

Im Dorf war es ganz still. Ab und zu raschelte ein dürres Blatt durch das Astwerk der Kastanien. –

Unsere Unterhaltung war verstummt: Ein jeder hing schweigend seinen Gedanken nach. Eine sonderbare Beklemmung lag auf uns, das Gefühl einer unerklärlichen Angst.

Seltsam – wie gleichzeitig diese merkwürdige, drückende Stimmung von uns drei Besitz genommen hatte.

Ein eigenartiges, zwingendes Gefühl der Zusammengehörigkeit war plötzlich über uns gekommen, über uns drei Menschen, die wir uns zufällig hier am Bodensee kennengelernt hatten und erst nur wenige Tage zusammen waren. Ein geheimnisvolles gegenseitiges Verstehen, ein feinstes Empfinden der Seelenregungen der Anderen.

Von einer unsichtbaren Macht getrieben, gehetzt glitten unsere Gedanken zusammen, kauerten sich erschauernd aneinander, duckten sich in der Erwartung einer kommenden entsetzlichen Gefahr.

Die Natur um uns schien angstvoll auf irgend etwas zu warten; wie abwehrend streckten die Bäume ihr Geäst von sich.

Ganz still war es, schauerlich still.

Wir starrten wie gebannt in den sterbenden Tag. Wie ein grauer, namenlos trauriger Schleier legte sich die Dämmerung auf die Erde, als ob sie sie schützen, verbergen wollte vor etwas nahendem Furchtbaren. –

Plötzlich stand er vor uns.

Wir schreckten zusammen.

Eine hohe schmale Gestalt, in einen schwarzen Mantel gehüllt, war hinter einem Kastanienbaum in unserer Nähe hervorgetreten. Sie mußte schon die ganze Zeit über dort gestanden haben, man hätte sonst Schritte hören müssen.

Aus dem ungewissen Nebel der Dämmerung tauchte unter einem schwarzen, weichen Filzhut ein bleiches, von einem schwarzen, spitzzulaufenden Bart umrahmtes Gesicht auf. Etwas Entsetzliches lag in diesen Zügen, das uns lähmte.

Einen Augenblick machte der unheimliche Fremde vor uns halt und ging dann mit müden Schritten auf das Haus zu, in welchem er verschwand.

Starr hingen unsere Augen an der Tür, die sich hinter ihm lautlos geschlossen hatte. Niemand von uns wagte, das grauenhafte Schweigen zu brechen.

Ein plötzlicher Windstoß fegte durch die Wipfel der Kastanien und störte einen Schwarm dürrer Blätter auf, die wie kranke, totwunde Vögel hilflos zu Boden flatterten.

Ein warmer, müder Hauch traf unsere Wangen.

Ein dumpfes Stöhnen in der Luft, ein Stöhnen, Ächzen, wie wenn zwei furchtbare Mächte miteinander rängen. –

Schweigend erhoben wir uns und gingen verstört ins Haus.

Man trat von außen her sofort in die Gaststube.

In dem hellerleuchteten Raum saß der bleiche Maler aus Düsseldorf, der heute mittag angekommen war, und scherzte mit den beiden kleinen Mädchen des Wirtes. Außerdem war nur noch der Mohrenwirt im Zimmer.

»Es war der Maler, der eben ins Haus getreten war und uns erschreckt hatte, ohne Zweifel.« Hier drinnen schämten wir uns fast unserer Angst.

»Und doch, der Maler war es nicht. Der gleiche spitze Bart – das schmale, bleiche Gesicht – eine gewisse Ähnlichkeit mit der unheimlichen Erscheinung war wohl vorhanden – aber trotzdem, er war es nicht.«

»Wer ist soeben hereingekommen?« fragten wir den Wirt.

»Niemand, ich habe seit einer Stunde das Zimmer nicht verlassen«, antwortete dieser.

Der Maler schaute auf und sagte: »Niemand kam herein, niemand.«

»Waren Sie nicht soeben draußen?«

»Ich? – Nein. Es war noch heller Tag, als ich heimkam. Mit den beiden Kleinen hier trat ich gleichzeitig ins Haus.«

»Es ist jemand vor einigen Minuten ins Haus getreten, durch diese Tür da, bestimmt«, beharrten wir.

»Sie müssen sich irren; es ist vollständig ausgeschlossen. Wir sind doch die ganze Zeit über hier gewesen«, erklärte der Wirt. Seltsam.

»Der Föhn macht unruhig«, sagte der Maler.

Wir alle drei konnten uns doch nicht derart geirrt haben; kopfschüttelnd, beklommen setzten wir uns zu dem Maler an den Tisch. Die Kinder kamen zu uns und zeigten uns eine seltsame Münze mit fremden Schriftzeichen. Der Maler hatte sie ihnen geschenkt.

Wir drei saßen still und in uns gekehrt. Das Erlebnis beschäftigte uns noch immer. Wie ein Alp lag es auf uns.

Der Maler erzählte von seinen Reisen, seinen Erlebnissen; lustig wußte er zu plaudern. Mit den Kindern spielte und lachte er dann wieder. Wir hörten kaum zu. Immer noch hatten wir das bleiche Gesicht vor Augen.

Ohne daß wir davon sprachen, wußte jeder von uns dreien, was der andere dachte, was in ihm vorging. Wie ein Wesen fühlten wir: drei fremde Menschen, die der Zufall zusammengebracht.

Plötzlich schlug der Student auf den Tisch: »Wein, Traminer! Mohrenwirt!«

Im Alkohol versuchten wir zu vergessen. Wir stürzten den feurigen Wein in großen Zügen hinunter. Der Mohrenwirt schüttelte den Kopf; eine Flasche nach der anderen mußte er herbeischaffen. – Wir sprachen laut – wir schrien. Der Privatdozent begann zu singen, ein wildes italienisches Lied von Liebe und Wein. Plötzlich brach er jäh ab und starrte den Maler an. Dann sank er in sich zusammen und schaute vor sich hin.

Wieder kroch der Alp in unsere Sinne, wieder sahen wir das bleiche Gesicht vor uns auftauchen. Wir schwiegen und wagten nicht aufzuschauen, uns anzuschauen.

Der Maler lachte: »Ja, ja, der Traminer. Mit dem ist nicht zu spaßen!«

Stoßweise zauste der Föhn draußen die Kastanien; prasselnd schlugen die letzten Früchte zu Boden.

Wir horchten angstvoll hinaus. Was war das nur mit uns? – Der lustige Maler vom Rhein, der so fröhlich plauderte und mit den Kindern scherzte, was hatte der mit unserer Vision zu tun? – Wir tranken und vergaßen dennoch nicht.

Der Maler unterhielt sich mit dem Mohrenwirt über geschnitzte Truhen, altes Zinn, köstliches Porzellan, welches er in einem alten Hause unten am See gefunden, über die Reliquienschreine, die romanischen Ziborien, die Brokatgewänder aus dem Münsterschatz – wie von ferne drangen seine Worte an unser Ohr. Dann sprach er von einem Steinkreuz mit einem Heiland aus Bronze, und es kam uns so vor, als ob er seine Stimme erhoben hätte. Seine Worte störten uns auf. Gespannt, wie im Banne einer unbekannten Macht hörten wir zu, mußten wir zuhören.

»Ich habe heute nachmittag hier auf dem Kirchhof herumgestöbert«, erzählte der Maler, »auf einem alten verwachsenen, vergessenen Grab fand ich ein Steinkreuz mit einem Bronzeheiland, eine herrliche, spätgotische Arbeit. Eine Bronze, wie ich sie nie gesehen. Ich war verliebt in diese Bronze, hypnotisiert vom ersten Augenblick. Ich muß sie besitzen, war mein erster Gedanke. Ich prüfte die Befestigung. Die Figur war fest mit dem Stein verbunden, auf eine eigentümliche, unsichtbare Art, scheinbar ohne Schrauben und Klammern. Ich suchte den Totengräber auf. Gegen Trinkgeld war er bereit, mir die Figur vom Kreuze herunterzunehmen. Längst verstorben, vergessen sei das Geschlecht, das unter diesem Kreuz seine letzte Ruhe gefunden. Der Name selbst sei vergessen, erzählte der Alte.

Mit Zange, Hammer und Meißel versuchte er die Bronze von dem Steinkreuz zu lösen. Vergebliches Bemühen. Der Stein gab den Heiland nicht frei. Eine unsichtbare Macht hielt die Figur auf dem Stein.

»Ich zerschlage das Kreuz«, sagte ungeduldig der Totengräber und holte eine Spitzhacke. Wie an Stahl prallten seine erbitterten Schläge an dem Stein ab.

Keuchend und schwitzend warf er endlich die Hacke hin.

»Es geht nicht, wie Sie sehen. – Die Toten dulden es nicht«, fügte er murmelnd hinzu, bekreuzigte sich und verließ dann in eigentümlich hastiger Weise mit einem scheuen Blick auf das Kruzifix den Friedhof. Ich mußte über den Alten lachen. Merkwürdig ist die Sache ja immerhin; ich hätte gern die Bronze gehabt.

»Vor Jahren hat man schon versucht, das Kreuz zu versetzen, da das alte Grab zu neuen Gräbern benutzt werden sollte; aber alle Anstrengungen, es zu bewegen, waren vergeblich«, sagte der Wirt, als der Maler geendet.

Starr hatten wir drei dem Maler zugehört; wir hatten das Gefühl, als ob diese Begebenheit im Zusammenhang stände mit der seltsamen Erscheinung von heute abend.

Es war mittlerweile spät geworden. Man beschloß zu Bett zu gehen. Der Maler wollte am anderen Morgen schon früh wieder weiter. »Ich schwimme schon draußen auf dem See, wenn Sie herunterkommen«, meinte er, als wir uns von ihm verabschiedeten.

Voll von schweren Gedanken, mit einem seltsamen Gefühl von Unbehagen gingen wir nach oben in unsere Zimmer.

Stumm gaben wir uns die Hand, bevor wir schieden. Wir drei, die ein geheimes Geschick zusammengeschmiedet. Ein jeder fühlte, wie des anderen Hand in der seinen zitterte.

Ich horchte noch in den Korridor hinaus und hörte, wie die beiden ihre Zimmer verriegelten. Ich schloß die Tür meines Zimmers und blieb einen Moment im Dunkeln stehen, krampfhaft horchend; das Herz klopfte mir laut in der Brust.

Der Föhn hatte sich in seiner ganzen Stärke erhoben und peitschte die Äste der Kastanien gegen mein Fenster.

Klang nicht wieder jenes gräßliche Stöhnen von vorhin über mir in den Lüften? Ich war nervös – der Wein – der schwüle Abend suchte ich mich zu beruhigen.

Ich machte Licht und kleidete mich langsam aus.

Unten hörte ich den Mohrenwirt noch mit dem Maler reden und die Haustür verriegeln; dann kamen Schritte die Treppe herauf, der Maler ging in sein Zimmer. Jetzt war es still im Haus – ganz still.

Ich mußte fest geschlafen haben, als mich ein gellender, furchtbarer Schrei im Hause entsetzt auffahren ließ. Ich horchte voller Grauen in die Nacht. Da, wieder dieser Schrei. Entsetzlich, was ging da vor?

Ich sprang aus dem Bett und griff zu meinem Revolver. Bebend, schwer atmend stand ich vor der verschlossenen Tür und lauschte gespannt nach draußen. Ein Keuchen, ein Seufzen dicht vor meiner Tür. Dann ein Schlurfen wie von müden Füßen über den Korridor; langsam verloren sich die Schritte im Gang.

Ich nahm mir ein Herz, riß die Tür auf und leuchtete hinaus. Ich sah niemanden. – Jedoch, was war das? – Aus dem Seitengang, der ganz am Ende des Hauptganges in diesen mündete, fiel ein Lichtschein, ein flackerndes gelbliches Licht, in welchem ein langgestreckter Schatten hin und her huschte. – Dort hinter jener Ecke stand irgendwer. Ich wagte nicht, mich zu rühren und umkrampfte fest meine Waffe. Plötzlich öffneten sich die Türen der Zimmer meiner Schicksalsgenossen, und voller Entsetzen in den Zügen stürzten die beiden auf den Gang.

Stumm schauten wir uns verzweifelt in die Augen. Wieder dieses Ineinandergleiten der Empfindungen, das Gefühl, ein Wesen zu sein. Unsere Seelen bäumten sich auf unter dem gleichen furchtbaren Verhängnis. Starr hingen unsere Augen an dem gespenstigen Schatten dort an der Gangwand.

Der Lichtschein verschwand langsam. Wieder das müde Gleiten auf dem Boden, dann tiefe Stille. Lähmende Angst lag auf uns. Klarheit, Gewißheit mußten wir haben. Dieser Zustand war furchtbar. Wir wankten bis ans Ende des Korridors und schauten voller Grauen in den Seitengang, an dessen Ende sich die Tür zur Terrasse befand. Diese Tür, die abends verschlossen wurde, war seltsamerweise geöffnet. Halb geöffnet, wie wenn jemand soeben hindurchgeschlüpft wäre, der keine Muße mehr gefunden, die Tür ins Schloß zu ziehen.

Auf der Terrasse mußte jemand sein.

Wir folgten dem Seitengang bis zur Tür, und ich trat mit vorgehaltenem Revolver zuerst auf die Terrasse. Obgleich kein Windhauch ging, flackerte meine Kerze hin und her und verlosch plötzlich. Wir standen im Dunkeln und horchten voller Grauen in die Nacht. Totenstille um uns. Wir wagten nicht, einen Schritt voran zu setzen.

Plötzlich ein Föhnstoß, der die Kastanien rüttelte, und wieder war es still wie zuvor.

Jetzt über uns das Stöhnen, das gräßliche Stöhnen.

Der Mond trat hinter einer zerrissenen Wolke hervor. Es war niemand außer uns auf der Terrasse.

Der Weg, der zwischen den Kastanien hindurch ins Dorf führte, war grell vom Mondlicht übergossen.

Wieder ein kurzer Windstoß. Dann sahen wir plötzlich auf dem grün-weißen Wege unbestimmt durch das Geäst der Bäume etwas Schwarzes auftauchen, nur einen Augenblick, schon war es wieder hinter einem Kastanienstamm verschwunden – dann trat er hervor, jener schwarze Wanderer, wie wir ihn gesehen. Mit müden Schritten kam er auf das Haus zu, sein bleiches, entsetzliches Gesicht zu uns emporgerichtet. In der rechten, erhobenen Hand trug er die vom Kreuze gelöste Figur des Heilands. Über die Patina der Bronze krochen die Mondstrahlen.

Entgeistert, voller Entsetzen folgten unsere Augen dem grauenhaften Spuk.

In der Haustür, die sich lautlos öffnete und schloß, verschwand die schwarze Gestalt.

Der furchtbare Wanderer war im Hause! –

Wie gelähmt sanken wir auf der Terrasse zusammen und starrten voller Grauen auf die Korridortür. Jetzt konnte er die Treppe hinauf sein. Kamen nicht jene furchtbaren, schlurfenden Schritte durch den Gang heran? Jeden Augenblick mußte das schreckliche Gesicht in der Türe erscheinen. –

Totenstille im ganzen Haus. –

Unsere Herzen standen still.

Ein Krampf lähmte unsere Glieder. –

Auf dem Boden zusammengekauert, starr die Augen gegen die Tür gerichtet, fand uns der Morgen.

Zitternd erhoben wir uns und wankten ins Haus zurück.

Wir gaben uns stumm die Hand, wie Gezeichnete. Ein wildes Erschrecken packte mich, als ich in die schauerlich verzerrten Gesichter meiner Genossen schaute. –

Jeder ging in sein Zimmer zurück.

Im Haus war noch alles still.

Ich warf mich völlig erschöpft auf das Bett und verfiel in einen todähnlichen Schlaf. –

Die Sonne stand schon hoch, als ich wach wurde.

Meine Glieder waren wie gerädert, von einer bleiernen Schwere.

Das Ereignis der Nacht stand greifbar vor mir. Es war keine Täuschung, kein Traumgesicht gewesen – gräßliche Wirklichkeit. Ich vermißte meinen Revolver und den Kerzenleuchter. Auf der Terrasse fand ich beides.

Ich ging nach unten.

»Der Herr aus Basel ist auf den See hinaus in seinem Nachen nach Radolfszell zu«, sagte man mir. »Der Student ist soeben abgereist; er hat in der Früh eine Depesche bekommen. Er hat dann sofort seine Sachen gepackt und ist im Wagen nach Konstanz gefahren, um noch rechtzeitig den Anschlußzug nach München zu erreichen. Lebe wohl, läßt er Ihnen sagen, der arme Herr, er sah so traurig und bleich aus heute früh, und sonst war er der Lustigsten einer.«

Sinnend ging ich zum See hinunter nach der Radolfszeller Seite.

Weit draußen auf dem Wasser ein einsamer Nachen. Ein weißer Nachen mit dem Schweizer Bundesbanner. Das war der Privatdozent.

Der Fährmann, der sein Fährboot zur Fahrt nach der badischen Seite hinüber instand setzte, meinte lachend: »Der Herr da im Boot macht sich die Sache bequem. Jetzt liegt er schon seit einer Stunde an der gleichen Stelle.«

Ich bat ihn um sein Fernglas, das er im Boot mitführte.

Ich stellte das Glas ein. – Entsetzt ließ ich es sinken.

Der schwarze Fremde von der vergangenen Nacht stand vorn im Boot. Hochaufgerichtet ragte die düstere Gestalt in den blauen Tag. Ganz zusammengekrümmt kauerte am äußersten Ende des Bootes, die Hände vor das Gesicht gepreßt, der Dozent aus Basel.

Der Fährmann schaute mich verwundert von der Seite an und entriß mir das Glas. »Was haben Sie nur? Der Herr scheint eingeschlafen zu sein, er sitzt am Ende des Bootes, den Kopf in die Hände gestützt; ich kann es deutlich durch das Glas sehen.«

»Er ist nicht allein im Boot«, preßte ich voller Entsetzen hervor.

»Ich sehe sonst niemand – er ist ganz allein«, antwortete der Schiffer. »Sehen Sie selbst!« Er gab mir das Glas zurück. Zitternd führte ich es an die Augen.

Was ich jetzt sah, ließ mir das Blut im Herzen stocken.

Ein wildes Ringen im Boot – das verzweifelte Greifen von gekrampften Händen in der Luft und – die schwarze Gestalt saß allein im Nachen am Steuer und lenkte das Boot, von unsichtbarer Hand getrieben, dem Ufer zu in der Richtung, in der wir standen.

»Ich sehe niemand mehr im Boot«, hörte ich den Schiffer sagen, »der Herr hat sich scheinbar auf den Boden gelegt.«

Näher – näher trieb das Boot. Schon konnte ich das bleiche, entsetzliche Gesicht erkennen, das zu mir herüberschaute.

Es war kein Hirngespinst – gräßliche Wirklichkeit.

Der Wind spielte mit dem Bart, und der Mantel flatterte um die hagere Gestalt. Ich sah es deutlich mit meinen Augen, im Licht des Tages.

»Was ist Ihnen? Was haben Sie nur? – Es ist niemand mehr dort im Kahn!« stieß der Fährmann angstvoll hervor. »Was ist mit dem Herrn geschehen?«

Jetzt wieder das Stöhnen in der Luft.

Ein Krampf umschnürte mein Herz. Ich brach zusammen und verlor das Bewußtsein. –

Zwei Tage habe ich im Fieber gelegen, dann erfuhr ich, was geschehen war an jenem Morgen.

»Der Privatdozent muß wohl im Boot eingeschlafen sein, hat dann das Übergewicht bekommen und ist in den See gestürzt«, erzählte man mir. Der leere Nachen war ans Land getrieben. Nur den Hut des Dozenten und eine seltsame unbekannte Münze lagen im Boot, eine Münze ähnlich der, wie sie die Kinder des Mohrenwirtes von dem Maler bekommen hatten. Die Leiche des Dozenten hatte man trotz eingehenden Suchens nicht gefunden.

Mich hatte man vom See bewußtlos ins Haus getragen.

Die guten Mohrenleute hatten sich aufs sorgsamste meiner angenommen. –

Nun saß ich wieder am Frühstückstisch, zum ersten Mal, vom Fieber und dem Erlebten völlig ermattet.

Ich fragte nach dem Maler.

»Der ist am anderen Morgen, wie er sich vorgenommen hatte, mit dem Frühboot nach Schaffhausen hinuntergefahren. Ich habe ihn noch selbst ans Schiff gebracht«, berichtete der Mohrenwirt. – »Ist es nicht merkwürdig?« – der Mohrenwirt beugte sich geheimnisvoll zu mir über den Tisch herüber – »die Bronzefigur des Erlösers ist seit jenem Tag von dem Kreuz auf dem Kirchhof verschwunden. Glatt und unberührt fand der Totengräber das nackte Steinkreuz. Spuren einer gewaltsamen Loslösung waren nicht zu bemerken. – Ist das nicht sonderbar? Daß der Maler die Figur mitgenommen hat, halte ich für völlig ausgeschlossen. Er hatte keinerlei größeres Gepäck bei sich. Ich wüßte auch nicht, wann er es getan haben sollte. Während der Nacht konnte er das Haus nicht verlassen, die Türen waren alle fest verschlossen.«

Wieder wuchs die Vision vor meinen Augen: der schwarze Wanderer über den grell vom Mondlicht übergossenen Weg, die Figur des Heilands hoch emporgehoben, auf das Haus zuschreitend.

Voller Grauen schloß ich die Augen und sank in mich zusammen. Gab es noch ein Entrinnen vor diesem schauerlichen Alp?

Wie von ferne drang die Stimme des Mohrenwirtes an mein Ohr. Er sprach mit jemandem, der soeben ins Zimmer getreten war. Ganz verworren drang das Geräusch in meine Sinne. Jemand Fremdes war ins Zimmer gekommen.

Wieder lähmte die entsetzliche Furcht meine Glieder, ich wagte nicht die Augen zu öffnen.

»Das Fieber hat ihn stark gepackt«, hörte ich dann dicht neben mir den Wirt sagen.

Ich raffte meine ganze Kraft zusammen und öffnete die Augen.

Es war der Postbote, der eben hereingekommen war und mit dem Wirt sprach und mich erschreckt hatte.

Es war lächerlich. Ich war tatsächlich krank. Meine Nerven waren überreizt. Ich hatte das Fieber und phantasierte. Um mich abzulenken, griff ich mechanisch nach den Zeitungen, die der Postbote soeben auf den Tisch gelegt hatte. –

Wie von ungefähr fiel mein Auge auf eine Notiz, die mir das Blut in den Adern erstarren ließ.

»München, den 14. Oktober. Der hiesige Student der Medizin Norbert Fage wurde heute bei einem Duell im Forstenrieder Park tödlich verwundet und starb auf dem Transport zur Klinik.« So las ich entsetzt.

Das Blatt entfiel meiner Hand.

Norbert Fage hieß der Student aus München.

Etwas Furchtbares ging vor sich. Die Ahnungen, die jener entsetzliche Abend, jene schaurige Nacht geboren, denen Namen zu geben uns gegraut, hatten sich an meinen Genossen bereits erfüllt. An den beiden – und ich – ich lebte noch: ich, der ich auch in das bleiche Antlitz des Fremden geschaut. –

Ein Schaudern, ein Entsetzen, eine namenlose Furcht packte mich. – War ich ihm nicht verfallen? – Dort hinter jenen Kastanien konnte der schwarze Wanderer jeden Augenblick hervortreten oder über die Wasser heranschreiten und mein Geschick vollenden.

»Fort! Nur fort von dieser Insel!« schrie es in mir.

War es die Erde der Reichenau, die gedüngt von dem Schutt der Jahrhunderte, verwester Kulturen diesen Spuk gebar, wenn der Föhn über sie dahinbrauste? –

Weg, weg von diesem Eiland. –

Keine Nacht mehr durfte ich hier verbringen.

Schon um zwölf Uhr befand ich mich mit meinem Gepäck auf dem Dampfer nach Konstanz.

Am selben Abend saß ich in Zürich im direkten Wagen Bern – Luzern – Mailand.

In unaufhaltsamer toller Fahrt floh ich von Ort zu Ort, unstet und flüchtig, das Keuchen des schwarzen Wanderers im Nacken. Gehetzt von den furchtbaren Dämonen.

Wenn im Licht des Tages die grauenhafte Angst zu weichen begann, so schlug um so sicherer während der Nacht der entsetzliche Alp wieder seine Fänge in meine Brust. –

Ganz Italien hatte ich durcheilt.

Ich kam nach Neapel, einige Stunden vor Abfahrt eines Dampfers nach Westindien. Kurz entschlossen ging ich an Bord, von dem einzigen Wunsche beseelt, weiter, nur weiter. –

Schon nach wenigen Tagen begann die Seefahrt ihre wohltätige Wirkung auszuüben. Meine Nerven beruhigten sich, der Alp, das Furchtgefühl schwand mählich und mählich, und als wir nach vier Wochen im Hafen von St. Pierre auf Martinique einliefen, war die Erinnerung an den gespenstigen Fremden der Reichenau, die qualvollen Nächte mit ihren grausigen Visionen fast verblaßt. Halluzinationen, Possen, die mir meine Nerven gespielt hatten, waren es gewesen. Ein Zusammentreffen von Zufälligkeiten, alles dieses zusammengenommen, hatte jene entsetzliche Suggestion ausgeübt, der ich verfallen war. –

Ich blieb in St. Pierre, gelockt von den wunderbaren Reizen eines tropischen Märchens. –

Eines Morgens brachte ein spanischer Antiquitätenhändler Elfenbeinschnitzereien peruanischen Ursprungs und silbereingelegte Ebenholzschatullen ins Hotel. Ich wurde mit ihm handelseinig über einen Kasten aus Ebenholz, der mit seltsamen Arabesken in Silber und Elfenbein inkrustiert war. Auf den Druck an eine bestimmte Stelle, die mir der Händler wies, sprang der Deckel auf.

Das Innere des Kastens war mit einem matten Goldblech ausgeschlagen. Der Kasten mochte wohl zur Aufbewahrung von Schmuckstücken oder Kirchengeräten gedient haben. Ich ließ ihn auf mein Zimmer schaffen. –

Am Abend dieses Tages war ich, wie ich es häufig tat, ins Meer hinausgerudert und hatte vom Boot aus die sterbenden Sonnenstrahlen auf den weißen Häusern der Stadt erlöschen sehen, mich an den Sinfonien der schweren, violetten Töne einer südlichen Nacht berauscht, als eine seltsame Erscheinung am Nachthimmel mein ganzes Interesse auf sich zog. Über dem Kegel des Mont Pelée, der sich gigantisch aufreckte hinter der Stadt, schwebte ein bläulicher Lichtkranz; vom Lande herüber glaubte ich aus dem Schoß der Erde ein Grollen, ein Stöhnen zu vernehmen.

Der Mont Pelée war ein alter Vulkan, der schon lange außer Tätigkeit war und als erloschen galt. Der Feuerschein kam aus der Spitze des Berges, ohne Zweifel. Wie eine schwelende Riesenfackel, zur Wache bei einem Toten angezündet, erschien mir der Mont Pelée. –

Ich starrte gebannt zum Land hinüber. Ein seltsames Unbehagen, ein Angstgefühl überkam mich plötzlich. Ich hatte das Empfinden, als ob jemand hinter mir im Nachen wäre. Voller Grauen wandte ich mich um: ich war allein. Und dennoch fühlte ich fortgesetzt zwei furchtbare Augen auf mich gerichtet. Ein Schatten umkreiste mich, der meinen Blicken entglitt und sich nicht fassen ließ.

Was war nur wieder über mich gekommen? Sollte jener schauerliche Spuk, dem ich mich kaum entronnen fühlte, neu erwachen?

Ich ruderte, so schnell ich konnte, unter Aufbietung meiner ganzen Kraft ans Land zurück.

Am Kai war trotz der späten Stunde noch reges Leben.

Der amerikanische Dampfer, der noch während der Nacht seine Fahrt nach dem Süden, nach Rio de Janeiro, antreten sollte, nahm noch Güter und Kohlen auf. Die Kessel waren bereits unter Feuer. Schwere, dicke Rauchwolken drängten sich ungestüm aus den Schornsteinen in die Nacht. Karren mit Warenballen rasselten über die

Landungsbrücke. Ein Hin und Her von geschäftigen Gestalten. Die Ketten des Krans quietschten.

Ich blickte den hastenden, keuchenden Menschen, die wie unter dem Zwang eines unerbittlichen Geschickes ihre mühselige Arbeit verrichteten, in die Gesichter und erschrak – erschrak über das unendlich Hoffnungslose in ihren Zügen. Meine Augen hefteten sich an die Gestalten, die immer wieder in dem gähnenden Tor des Lagerschuppens verschwanden und immer wieder unter schwerer Last zum Dampfer zurückwankten. – Ich vergaß meine eigene Angst. Ein ungeheures Mitleid mit diesen Armen ergriff mich.

Plötzlich hörte ich dicht neben mir ein kurzes höhnisches Lachen: ich wandte mich entsetzt zur Seite und sah eine schemenhafte Gestalt, die nach den arbeitenden Menschen hinüberzuweisen schien, im Schwarz der Nacht zerfließen.

Wieder packte mich das Grauen, wie soeben im Nachen, ein Grauen vor mir selbst, vor den Menschen dort drüben am Dampfer. Stöhnend wandte ich mich ab und wankte in die Richtung auf mein Hotel zu, das außerhalb der Stadt auf einer Anhöhe lag.

Hinter der schwarzen Silhouette des Gebirges tauchte der Mond auf

Wie ein römischer Cäsar in seiner Loge, nahm der Mond Platz am nächtlichen Firmament und blickte hinab in die Arena der Welt, kalt, gefühllos dem Schauspiel glanzvollen Mordens, Girandolen von Blut gewärtig.

Ich hatte das Hotel erreicht. Gespenstig hob sich das weiße Gebäude aus dem drohenden Dunkel der Palmen. Totenstille. Nur vom Meer herauf drang ein müdes Plätschern.

Ein schauerliches Geheimnis schien das Haus, die schweren Schatten der Palmen zu bergen.

Ich stürzte voller Grauen durch den Garten, öffnete hastig die Haustür, floh die Treppe hinauf und stand zitternd vor der Tür meines Zimmers.

Lautlose Stille im Hause.

Ich zögerte einen Augenblick und riß dann die Tür auf. Entsetzt blieb ich in der Tür stehen.

Im Rahmen des geöffneten Fensters stand groß und schwarz gegen die fahle mondhelle Nacht der grausige Fremde von der Reichenau, gerade im Begriff, das Zimmer durch das Fenster zu verlassen. Mit einer müden Bewegung wandte er sich nach mir um und schaute mich an.

Sein Blick umklammerte mich, preßte mein Herz zusammen und lähmte meine Glieder. Schauerlich wuchs das elfenbeinweiße Gesicht aus dem Ebenholz des Schattens. Die Erinnerung an die nächtliche Vision auf der Reichenau, an das tragische, geheimnisvolle Ende des Privatdozenten, des Münchener Studenten durchzuckte in furchtbarer Klarheit mein Hirn. In gräßlicher Todesfurcht versuchte ich zu schreien: meine Kehle war wie zugeschnürt, zu fliehen: ich vermochte nicht, mich zu rühren. – Sekunden wurden mir Ewigkeiten voller Höllenqualen.

Langsam verschwand der Unheimliche durch das Fenster.

Nach und nach wich die Erstarrung von mir, und ich wankte ans Fenster.

Der Garten lag ruhig übergossen vom Mondlicht da. Kein Lüftchen ging. Das Geräusch des träumenden Meeres war verstummt Nichts regte sich. Niemand war zu sehen. Oder harrte dort in dem lauernden Dunkel der Palmen meiner das Verhängnis? Bewegte sich nicht etwas hinter jenen Eukalypten? Barg das Myrtengebüsch am Weg nicht entsetzliche Geheimnisse?

Ich ertrug den Anblick des Gartens nicht und trat erschaudernd vom Fenster zurück. – Das Zimmer lag im Dunkel; nur auf den Silberornamenten der alten Ebenholzschatulle zitterten die Mondstrahlen. Der Kasten schien frei im Raume zu schweben und gierig das Mondlicht zu trinken, um einem eigentümlichen, magischen Glanz, der von ihm ausging, Nahrung zu geben.

Wie gebannt heftete sich mein Blick an diese neue, seltsame Erscheinung.

Von einer unsichtbaren, geheimnisvollen Macht getrieben, zog es mich zu dem Kasten, berührte meine Hand die Feder, und der Deckel sprang auf.

Ein Strom von Licht schlug mir entgegen.

Auf dem Boden der Schatulle lag die Bronzefigur vom Kreuz vom Kirchhof der Reichenau. Aus dem Gold der Innenverkleidung züngelten blutrote Flammen um die schmale Gestalt des Heilands; die Mondstrahlen legten sich um den Bronzeleib, wie um ihn zu schützen vor der gierigen Glut.

Entgeistert starrte ich in den Kasten.

Die Flammen wuchsen, schossen aus dem Kasten heraus und griffen nach mir. Ich wich zurück. Größer und größer wurde das Feuer, immer heftiger drangen die Flammen auf mich ein und trieben mich Schritt für Schritt vor sich her; wie eine ungeheuere Schlange mit ungezählten Köpfen kroch mir die Flamme nach, verfolgte mich mit schauerlicher Unerbittlichkeit.

Vom Hafen herauf zerriß die Stille der Nacht das Heulen der Dampfsirene des amerikanischen Bootes.

Eine letzte verzweifelte Hoffnung.

Wie besinnungslos stürzte ich aus dem Zimmer, aus dem Hause dem Hafen zu. Blutrot erschien mir die Nacht. Vorwärts, vorwärts in wahnsinnigem Lauf!

Wird es mir noch gelingen? An meinen Fersen fühlte ich den glühenden Atem der entsetzlichen Verfolgerin. –

Die Maschinen des Dampfers arbeiteten bereits, als ich den Hafen erreichte. Ich raste die Landungsbrücke hinunter und sprang mit einem gewaltigen Satz auf das bereits in Bewegung befindliche Schiff. Völlig erschöpft brach ich auf dem Deck zusammen und verlor das Bewußtsein. –

Als ich wieder zu mir kam, befand sich der Dampfer schon auf hoher See. Auch jetzt gab mir, wie damals auf der Überfahrt von Neapel nach Martinique, das Meer meine Ruhe zurück, und schon nach kurzem begann sich die Erinnerung an die furchtbare Wiederkehr des Dämons der Reichenau und die Flammenvision mehr und mehr zu verwischen. –

Als wir nach zehntägiger Fahrt in Pernambuco anlegten, erfuhren wir zu unserem Entsetzen, daß in der Nacht, in welcher wir St. Pierre verlassen hatten, die ganze Stadt durch einen furchtbaren Ausbruch des Mont Pelée völlig vernichtet worden war. –

Tagelang habe ich ins Meer geschaut und all das Entsetzliche, das ich erlebt, an mir vorüberziehen lassen. –

Wer gibt mir des schauerlichen Rätsels Lösung?

Fand der vom Kreuze geraubte Heiland unter der Lava des Mont Pelée endlich den Frieden?

Gab der schwarze Dämon mich auf, oder wird er eines Tages furchtbarer denn je meine Wege kreuzen und mein Geschick vollenden? –

Ich lebe noch. Ich atme noch. Ich spotte aller Dämonen. Heute ist heute. Ich trinke das Leben. –

Hier schlossen die Aufzeichnungen des seltsamen Mannes, den ich vor einigen Jahren in einem Sanatorium am Rhein kennenlernte. Er kam damals von Südamerika und suchte in der bekannten Anstalt des Doktor Kraven Heilung von den Folgen maßloser Ausschweifungen und fortgesetzten Genusses von Opium und anderer Narkotika. Eine merkwürdige Veranlassung hatte uns zusammengebracht. Er hatte mir wochenlang bei Tisch gegenübergesessen, ohne ein Wort zu sprechen, ohne überhaupt von irgend jemand Notiz zu nehmen. Nervös, hastig aß er und verschwand meistens vor Schluß der Mahlzeit. Seine Augen, in denen es von Zeit zu Zeit wild aufflackerte, schienen ins Leere, ins Grenzenlose zu starren. Tagelang blieb dann oft sein Platz leer, und auch im Garten und in den Wandelhallen sah man ihn nicht. –

Ich trage am Zeigefinger der linken Hand einen wunderlichen Ring, den ich einst in Florenz von einem Trödler erstanden, eine goldene Spinne, deren Beine sich um den Finger krallen und in deren Rücken ein grün schillernder, wunderbarer Skarabäus gefaßt ist. Der Ring ist ein wertvolles, sehr seltenes Stück. Cesare Borgia soll ihn getragen haben, und in der Tat ist auf verschiedenen zeitgenössischen Porträts dieses Borgia der Spinnenring deutlich erkennbar. –

Eines Tages bemerkte mein seltsames Gegenüber bei Tisch diesen Ring. Sein Blick heftete sich wie hypnotisiert an meine Hand. Dann schaute er plötzlich auf zu mir, beugte sich über die Tafel zu mir herüber und fragte mit leiser Stimme, auf den Ring deutend: »Der Ring des Borgia?« –

Wir sprachen dann über Florenz, über Italien, und er verriet eine genaue Kenntnis des Landes und seiner Kunstschätze. Wir kamen von diesem Tage an häufiger zusammen. Er, der sonst scheu jede Berührung mit den übrigen Insassen des Sanatoriums vermied, schloß sich von Tag zu Tag immer mehr an mich an.

Er war in der ganzen Welt herumgekommen. Er verfügte über ein außergewöhnliches Wissen auf allen Gebieten. In die Mysterien der Laster aller Länder, aller Sensationen des Lebens schien er eingedrungen. Etwas Unstetes hatte er im Wesen. Nie sprach er eigentlich von sich selbst.

Dann kam jene Stunde, die ich nie vergessen werde.

Es war an einem stillen, lauen Abend, müde stieg die Dämmerung hinab zur Erde, der Rhein zu unseren Füßen trieb gespenstig seine Silberfluten zu fernen Meeren. Wir saßen im Garten der Anstalt, als er leise flüsternd anhub zu erzählen von seinem Leben, von grausigen Visionen, von Dämonen, die ihn verfolgen, ihn jagen, ihn zu Tode hetzen werden. Oft brach er plötzlich ab und blickte scheu um sich.

Der Mond stand am Himmel, als er geendet.

Noch jetzt nach Jahren steht er mir vor Augen, wie er am Schlusse der Erzählung der Tragödie seines Lebens aufsprang, die Faust drohend gegen einen unsichtbaren Feind erhob und wild auflachend hinabschrie in das stille Tal, die Stimme fast erstickt von grenzenlosem Haß: »Ich spotte eurer! Ich lebe noch! Heute ist heute!«

Am anderen Morgen war er abgereist. Ohne Abschied. Niemand wußte, wohin er sich gewandt.

Nach einem Jahr ungefähr sandte man mir vom Sanatorium einen dort für mich angekommenen Brief.

Der Brief trug den Poststempel Bombay und enthielt 14 mit einer kleinen, nervösen Schrift bedeckte, dünne Blätter: das Manuskript der in Vorstehendem wiedergegebenen merkwürdigen Erzählung, ohne irgend welches Begleitschreiben.

Ich kam bald darauf an den Bodensee und besuchte bei dieser Gelegenheit die Insel Reichenau.

Von dem Wirt im »Mohren« erfuhr ich, daß mein Freund tatsächlich bei ihm gewohnt habe und nach dem Tode des Privatdozenten und der Nachricht von dem Tode des Studenten plötzlich abgereist sei. Auch, daß der Christus von dem Kreuz vom Kirchhof verschwunden sei, bestätigte mir der Wirt.

Vergangenen Winter hielt ich mich gelegentlich einer Mittelmeerreise einige Tage in Marseille auf und trieb mich häufig in den engen, verrufenen Gassen am Hafen herum, dort wo jedes Laster eine Stätte hat. Von malayischen Matrosen hatte ich die Adresse einer Opiumkneipe erfahren.

Ich brauchte Nirwana, und eines Abends machte ich mich auf nach der bezeichneten Taverne mit dem seltsamen Namen »Prizuhli le vrai«. Lange irrte ich in dem Gassengewirr umher, bis ich die richtige Gasse fand.

Eine windschiefe Laterne, in der ein kümmerliches Licht hin und her flackerte, trug in ungelenken, kunstlosen Lettern die Aufschrift »Prizuhli« und bezeichnete den gesuchten Ort.

Unschlüssig blieb ich noch einen Augenblick vor dem Eingang stehen, als plötzlich eine Hand leise meine Schulter berührte und eine mir nicht fremde Stimme meinen Namen flüsterte. Erschreckt schaute ich um: mein Freund aus dem Sanatorium stand vor mir.

Soviel ich bei dem ungewissen Licht der Laterne erkennen konnte, waren in seinen Zügen entsetzliche Veränderungen vor sich gegangen. Ein von allen Leidenschaften durchwühltes Gesicht, das Antlitz eines Toten, in dem nur die funkelnden Augen das Leben verrieten, grinste mich an.

Ich stammelte etwas.

»Er kann mir nichts mehr anhaben! Ich bin gefeit!« raunte er mir geheimnisvoll zu. »Das Amulett der Herzogin von Montespan schützt mich. Die Königin aller Dämonen Frau La Voisin selbst hat es geweiht!« Er hielt mir eine seltsame mit Granaten besetzte flache goldene Büchse unter die Augen. Höhnisch lachte er auf. Wahnsinn sprach aus seinen Augen.

Sorgsam verbarg er dann die Büchse in seinem Rock und verschwand plötzlich wieder im Dunkel der Nacht. Ich hörte seine Schritte in der Ferne verklingen. Atemlos horchte ich in die Gasse. Dumpfes Flüstern drang an mein Ohr, leises Gitarrenspiel, zu dem halblaut eine rauhe Stimme ein obszönes Matrosenlied sang, irgendwo kreischte jemand gellend auf. –

Ich stürzte erschaudernd hinein in die Taverne »Prizuhli le vrai«.